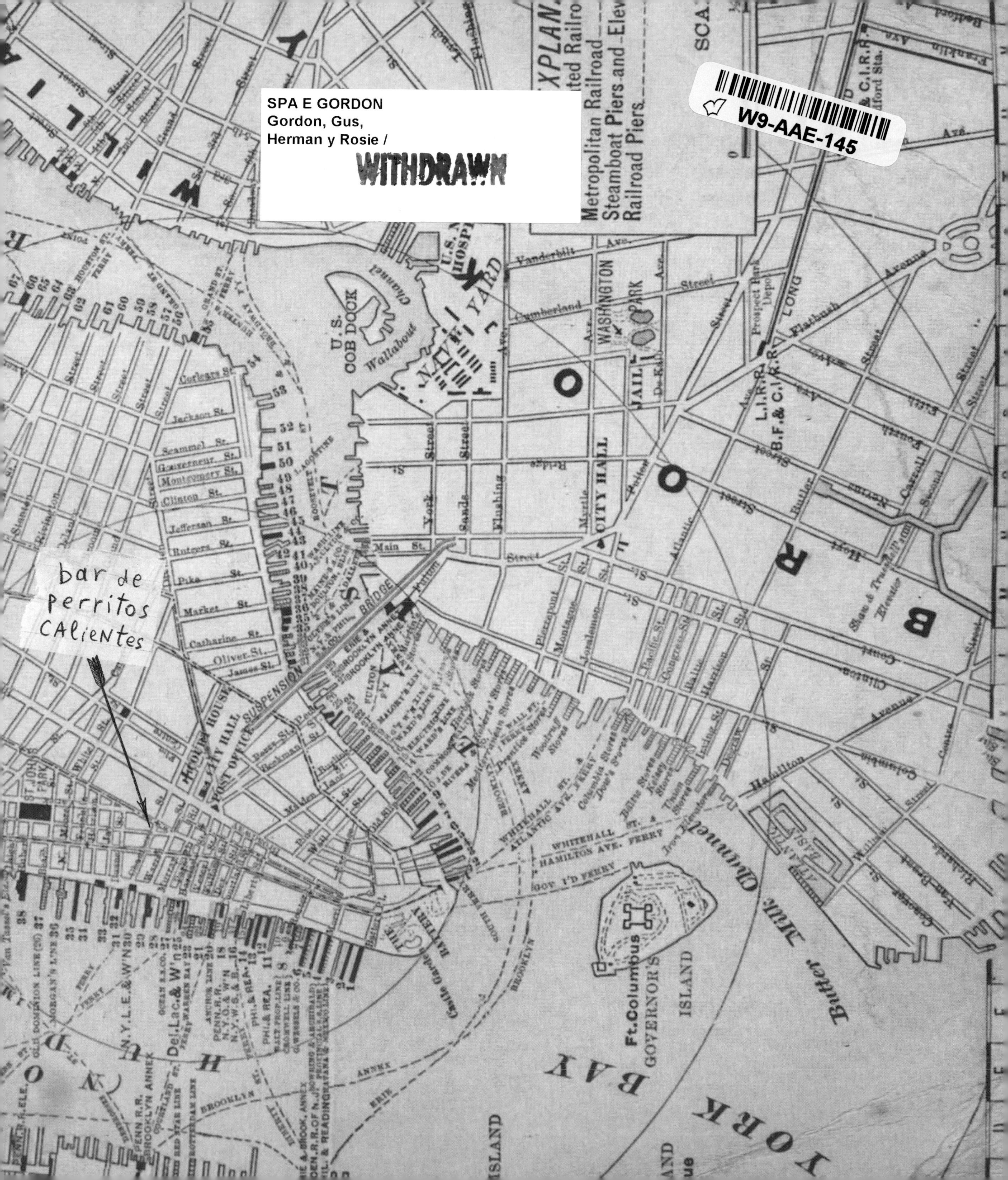
bar de
perritos
CAlientes
Metropolitan Railroad
Steamboat Piers and Elev
Railroad Piers.
U.S.
COB DOCK
Wallabout
Channel
Vanderbilt Ave.
Cumberland
WASHINGTON
PARK
JAIL
CITY HALL
Fulton
Flatbush
Atlantic
Main St.
SUSPENSION BRIDGE
COURT HOUSE
CITY HALL
POST OFFICE
Corlears St.
Jackson St.
Scammel St.
Gouverneur St.
Montgomery St.
Clinton St.
Jefferson St.
Rutgers St.
Pike St.
Market St.
Catharine St.
Oliver St.
James St.
Pierrepont
Montague
Joralemon
Hamilton
WHITEHALL ST. & ATLANTIC AVE. FERRY
WHITEHALL
HAMILTON AVE. FERRY
GOV'T'D FERRY
Ft. Columbus
GOVERNOR'S
ISLAND
Buttermilk Channel
BATTERY
ISLAND
YORK BAY
PENN. R.R.
BROOKLYN ANNEX
Del. Lac. & W'n
N.Y.L.E. & W'N
PHIL. & REA.
L.I.R.R.
B.F. & C.I.R.R.

para mami y papi

Av. Pla del Vent 56, 08970 Sant Joan Despí, Barcelona
e-Mail: corimbo@corimbo.es
www.corimbo.es

Traducción al español de Macarena Salas
1ª edición Abril 2014

Editado por Viking, sello de Penguin Grup
Título de la edición original: "Herman and Rosie"

Impreso en China
Depósito legal: B.4330-2014
ISBN: 978 84 8470 492 8

Finalmente, tras muchos meses de experiencia, he llegado a la conclusión de que (Nueva York) es un espléndido desierto, una soledad en forma de cúpula con campanarios dónde el extranjero está SOLO en medio de los de su raza.

Mark Twain, 5 de junio de 1867

Corimbo

Había una vez una ciudad llena de gente,
con una calle llena de gente y dos
apartamentos muy pequeños donde vivían
Herman Schubert . . .

aquí

. . . y Rosie Bloom.

y aQuí

Herman vivía en el séptimo piso.

Le gustaban las plantas, tocar el oboe, el yogur de frambuesa, el olor a perritos calientes en invierno y ver películas sobre el mar.

Rosie vivía en el quinto piso del edificio de al lado.

Le gustaban las tortitas, escuchar *jazz*, la brisa del verano, los caramelos de tofe que se pegan a los dientes, cantar cerca de la ventana . . .

y ver películas sobre el mar.

A Herman y a Rosie les gustaba vivir en la ciudad. Había días en que los ruidos, las bocinas y el ir y venir de la gente les hacía sentir que todo era posible.

Aunque a veces la ciudad era un sitio bastante solitario.

Herman trabajaba en una oficina, en el piso cincuenta y uno de un edificio muy alto. Se pasaba el día hablando por teléfono y vendiendo cosas.

No todo el mundo quería comprar cosas. Pero a Herman no le importaba. A él le gustaba hablar con la gente.

cosas
cosas

Rosie trabajaba en el
norte de la ciudad, en un
restaurante muy elegante.

Por la tarde iba en bicicleta
a clases de canto.

Los jueves por la noche cantaba durante dos horas en un club de *jazz*, en el sur de la ciudad. Era su momento preferido de la semana.

Un día, cuando Herman volvía a su casa del trabajo, oyó un sonido. No era un sonido normal de la ciudad. Era un sonido diferente. Alguien estaba cantando . . .

y era increíble.
Le hacía sentir como
si hubiera comido
miel del tarro
a cucharadas.

Esa noche, Herman no se podía quitar la canción de la cabeza, así que sacó su oboe, subió a la azotea y empezó a tocar una melodía maravillosa a ritmo de *jazz*.

En el edificio de al lado, Rosie empezó a tatarear y a mover los dedos de los pies. La música del oboe llenó la habitación. Era el sonido más maravilloso que había oído en su vida.

La melodía se le quedó grabada en la cabeza
(como todas las buenas melodías).
La tatareó sin parar para que no se le olvidara.

Durante días, parecía que la música les seguía a todas partes. Herman no dejaba de oír aquella voz tan bonita y Rosie seguía oyendo aquella melodía maravillosa.

Por todas partes.

Entonces, una mañana, a Herman le dijeron que se había quedado sin trabajo. No estaba vendiendo suficientes cosas.

Herman pensaba que había vendido un montón de cosas, pero la verdad es que le gustaba tanto hablar con la gente que a veces se le olvidaba que su cometido era vender.

Esa noche, en el club *La Cava de Jazz*, Rosie cantó mejor que nunca.

Pero no había nadie para escucharla. Cuando terminó, le dieron malas noticias. Iban a cerrar el club.

Herman salió de su oficina por última vez.
Esa noche no le apetecía tocar el oboe.

Y a Rosie no le
apetecía cantar.

La ciudad parecía más llena
de gente, más ruidosa y más
oscura que nunca.

Herman Schubert se sentó en su pequeño apartamento y se puso a comer galletas. Para sentirse mejor decidió ver su colección completa del mundo submarino de Jacques Cousteau.

Debajo de su cama estaba su oboe bien guardado.

Rosie Bloom se quedó en la cocina de su pequeño apartamento haciendo tortitas. Muchas tortitas. Más de las que podía comerse.

Eso no le hizo sentirse mejor, así que se sentó a ver su colección completa del mundo submarino de Jacques Cousteau.

Los días y las noches
pasaban lentamente.
La voz de Rosie se perdió entre los
ruidos de la ciudad y a Herman ya no le
apetecía tocar el oboe.

La ciudad siguió a su ritmo, pero todo
estaba fuera de lugar.

Entonces, una mañana, pasó algo diferente.

Rosie se despertó de pronto.
¡Quería caramelos de los que se pegan a los dientes!

Herman se despertó de pronto.
¡Quería un yogur de frambuesa!

Hacía un día muy bonito y, cuando salieron a la calle, Herman se olvidó de su yogur y Rosie se olvidó de sus caramelos.

Se dedicaron a pasear . . .

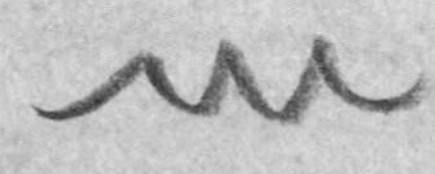

y pasear . . .

y pasear . . .

y pasear . . .

Hasta que los dos terminaron
en el mismo sitio,

donde se comieron
un perrito caliente.

Los dos volvieron a su casa.

Esa noche, Herman sacó el oboe de debajo de la cama y fue a la azotea. La ciudad parecía alegrarse de verlo. Hasta las bocinas y los ruidos sonaban como música.

Rosie estaba cocinando y al oír el sonido familiar de la melodía maravillosa a ritmo de *jazz* se sintió muy feliz.

Soltó la sartén. Tenía que seguir aquella música.

Salió . . . bajó . . . saltó . . . hasta que . . .

Había una vez una ciudad llena de gente,
en una calle llena de gente
y en la azotea de un edificio muy alto,
Rosie conoció a Herman. Y Herman conoció a Rosie.
La ciudad nunca volvió a ser la misma.